DAVID Y GOLIAT

Adaptación de Tess Fries
Ilustrado por Cheryl Mendenhall
Traducido al español por María Alejandra Paz

SPIRIT PRESS

DAVID Y GOLIAT
Published in 2006 by Spirit Press,
an imprint of Dalmatian Press, LLC.
Copyright © 2006 Dalmatian Press, LLC.
Publicado por Spirit Press, sello editorial
de Dalmatian Press, LLC, EE. UU.
Marca Registra © 2006 Dalmatian Press, LLC.

ISBN: 1-40372-277-3 (M) 1-40372-453-9 (X)
15086/0106 SP David and Goliath

Printed in the U.S.A. Impreso en EE.UU.

06 07 08 09 LBM 10 9 8 7 6 5 4 3 2

Había una vez un joven pastor de ovejas llamado David. David era un niño feliz que amaba mucho a Dios. Componía y cantaba numerosas melodías que hablaban sobre el poder de Dios y el amor que Él siente por nosotros.

Cierto día, el padre de David pidió al muchacho que llevara un poco de grano tostado y diez panes a sus tres hermanos mayores, quienes se encontraban luchando en el ejército del rey Saúl.

David partió a la mañana siguiente. Al llegar al campamento del ejército en la montaña, el niño corrió a fin de ver a sus hermanos. ¡Cuánta emoción sentía!

Pero el campamento enemigo se encontraba justo al otro lado del valle. Mientras David corría al encuentro de sus hermanos, vio un hombre gigante llamado Goliat. ¡Goliat era la persona más grande que David había visto en su vida! Su cuerpo estaba cubierto por una armadura brillante, y llevaba un escudo, una lanza y una enorme espada.

Los hermanos de David contaron al pequeño que cada mañana y cada noche, durante cuarenta días, Goliat les había dicho a los gritos que enviaran a alguien a fin de que luchara contra él. En cada oportunidad, Goliat había vociferado: "Si alguno de ustedes logra vencerme, el ejército de su rey será el vencedor de toda la guerra".

Tanto era el temor
que sentían los
soldados del rey,
que huían cada vez
que veían a Goliat.

Pero el joven David
no tenía miedo.

¡David se dirigió al rey y le dejó saber que él lucharía contra Goliat! El rey Saúl respondió: "Eres demasiado pequeño para enfrentarte a este poderoso gigante". Sin embargo, el muchacho no se daría por vencido. Contó al rey que, con la ayuda de Dios, había vencido a un feroz león y a un oso hambriento que habían robado un cordero de su rebaño. ¡David estaba seguro de que Dios también lo ayudaría a pelear contra Goliat!

A pesar de que el rey Saúl creía que Dios ayudaría a David, insistió: "Debes llevar mi armadura y mi espada para enfrentarte a un gigante como Goliat". El muchacho se probó la armadura y sostuvo la espada, pero eran demasiado pesadas para él. Entonces, sólo tomó su bastón de pastor y su honda, y emprendió su camino hasta el río.

Al llegar al río,
David encontró
cinco piedras lisas
y las guardó en
su bolsa.

Luego, David caminó hasta donde Goliat se encontraba. Al verlo descender la montaña rumbo a su encuentro, el gigante comenzó a reír.

"¡No tengo miedo!
Dios me ayudará",
dijo David.

A continuación,
metió la mano en su
bolsa y sacó de ella
una piedra lisa.

El muchacho colocó la piedra en la honda y la lanzó a Goliat. La piedra golpeó al gigante justo en la frente. ¡El gigante cayó al piso con un ruido sordo!

Cuando los soldados enemigos vieron que el poderoso gigante había caído, huyeron temerosos.

Con la ayuda de Dios, David había ganado la batalla para el rey Saúl.

Cuando creas que eres muy joven o muy pequeño para brindar tu ayuda a otra persona, recuerda cómo el Señor ayudó a David a vencer al gigante. ¡Nunca nada es imposible para Dios si sólo permites que te ayude!

Y metiendo David su mano en la bolsa,
tomó de allí una piedra, y la tiró con
la honda, e hirió al filisteo en la frente.
1 Samuel 17:49